Analyse de l'œuvre

Par Jessica Hermans

Le bonheur n'a pas de rides

de Anne-Gaëlle Huon

lePetitLittéraire.fr

Analyse de l'œuvre

Par Jessica Hermans

Le bonheur n'a pas de rides

de Anne-Gaëlle Huon

lePetitLittéraire.fr

Rendez-vous sur lepetitlitteraire.fr et découvrez :

Plus de 1200 analyses
Claires et synthétiques
Téléchargeables en 30 secondes
À imprimer chez soi

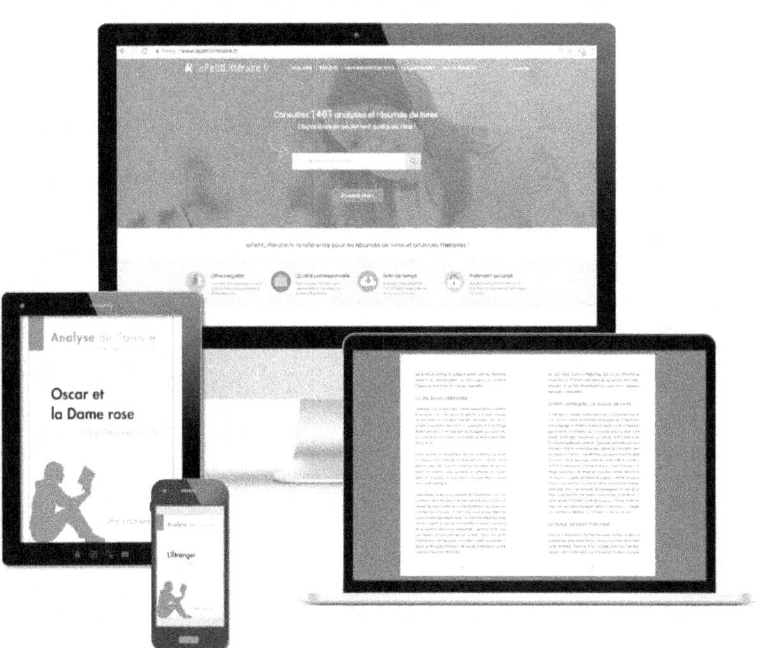

LE BONHEUR N'A PAS DE RIDES

UN ROMAN PLEIN DE BONS SENTIMENTS

- **Genre :** roman
- **Édition de référence** : *Le bonheur n'a pas de rides*, Paris, Le Livre de Poche, 2019, 386 p.
- **1re édition :** 2017
- **Thématiques :** bonheur, vieillesse, mémoire, liberté, amour, maladie, mystère, espoir

À près de 85 ans, Paulette Mercier n'a plus qu'une idée en tête : finir ses jours dans une maison de retraite de luxe dans le sud de la France aux frais de son fils. Pour convaincre ce dernier de la placer, elle feint la sénilité. Elle est bien vite prise au sérieux. Malheureusement pour elle, au lieu de rejoindre la résidence de ses rêves, ses proches la laissent dans l'auberge de monsieur Yvon, un endroit bon marché perdu en pleine campagne. La vieille dame décide de trouver par elle-même une solution pour s'enfuir de là le plus rapidement possible. Mais son plan ne se déroule pas comme prévu et la curiosité de Paulette envers les mystérieux résidents de l'auberge la détourne progressivement de son objectif.

Ce roman, hommage aux teintes nostalgiques à la campagne française et aux vieilles dames, a été écrit par Anne-Gaëlle Huon lorsqu'elle a quitté la France pour partir vivre à New York avec sa famille. D'abord autopubliée, l'auteure a rapidement été contactée par une maison d'édition en raison du succès de son livre auprès des communautés de lecteurs sur les réseaux sociaux.

Le Bonheur n'a pas de rides s'inspire notamment de l'amour de l'auteure pour sa grand-mère et de l'hôtel-restaurant tenu par son père, où il lui arrivait d'assurer le service en salle lors de ses retours en France.

ANNE-GAËLLE HUON

ÉCRIVAINE FRANÇAISE

- **Née en 1984 à Toulon**
- **Quelques-unes de ses œuvres :**
  - *Même les méchants rêvent d'amour* (2019), roman
  - *Les Demoiselles* (2020), roman
  - *Ce que les étoiles doivent à la nuit* (2021), roman

Anne-Gaëlle Huon est née en 1984 à Toulon et a réalisé sa formation littéraire et commerciale dans la région de Paris. Ancienne publicitaire, elle quitte la France avec sa famille en 2014 pour s'installer à New York. C'est à cette occasion qu'elle se tourne vers l'écriture et vers l'autoédition avec son premier roman *Buzz !*, rapidement suivi par *Le bonheur n'a pas de rides*. Le succès est au rendez-vous grâce aux réseaux sociaux et au bouche-à-oreille. En 2016, son premier livre est publié par City Éditions, qui publie également *Le Bonheur n'a pas de rides* l'année suivante. Ses romans ultérieurs, toujours aussi emplis de joie de vivre, sont rapidement édités et son quatrième livre, *Les Demoiselles*, remporte plusieurs prix, parmi lesquels le Prix des Lecteurs U, le Prix des lecteurs Culture Presse et le Grand Prix de l'Innerwheel.

Après quelques années passées aux États-Unis, elle vit à présent à Paris avec son mari et ses trois enfants. Ses romans ont été traduits dans de nombreuses langues et sont lus par plus de 600 000 lecteurs dans le monde. Elle se définit elle-même comme une personne qui aime les listes et les vieilles dames et reste proche de ses lecteurs via les réseaux sociaux.

RÉSUMÉ

UNE SÉNILITÉ SIMULÉE

Paulette Mercier, vieille dame de presque 85 ans, fait semblant de perdre la tête pour que son fils Philippe la place dans une maison de repos de luxe qu'elle s'est dénichée : le Domaine des Hauts-de-Gassan. Ainsi, quand elle va manger chez son fils, sa belle-fille et leurs deux enfants, elle espère que son plan aura porté ses fruits et que Philippe se décidera enfin à la placer où elle le souhaite.

Comme sa famille s'apprête à partir en vacances au Kenya, Philippe place Paulette pour ne pas la laisser seule. Malheureusement pour cette dernière, au lieu de rejoindre la résidence de luxe, la vieille dame est déposée dans une auberge de campagne à une heure de route de Paris. Malgré ses protestations, elle est forcée d'emménager dans l'auberge, sous peine de devoir partir avec sa famille en vacances et de se retrouver coincée avec sa belle-fille qu'elle exècre.

Furieuse en dépit de l'accueil chaleureux de monsieur Yvon, le propriétaire de l'auberge au visage partiellement paralysé, Paulette se précipite dans sa chambre et téléphone directement aux Hauts-de-Gassan pour y réserver la dernière chambre disponible, s'engageant à payer les frais dès réception de son dossier à l'auberge.

Pendant ce temps, les autres résidents de l'auberge s'interrogent sur cette nouvelle venue. Parmi eux se trouvent le bienveillant monsieur Yvon, Nour la cuisinière, la jeune Juliette qui assure le service en salle, la pétillante sexagénaire Marcelline, le calme et mystérieux monsieur Georges, le gentil Hippolyte à l'âme d'enfant et Léon le chat. Quand Paulette finit par descendre, elle recommence à feindre la sénilité sous le regard incrédule de l'assemblée.

Malgré la présence de cette dame un peu revêche qui ne fait aucun effort pour s'acclimater à son nouvel environnement, les résidents continuent à profiter de leur vie, autour d'activités sportives en groupe ou de leurs traditionnelles parties de Cluedo.

Trois jours plus tard, Paulette, de sortie, évite Juliette qu'elle trouve en larmes, mais se fait accoster par Nour qui la dépose en voiture et lui demande d'arrêter de jouer les vieilles dames séniles alors qu'elle a toute sa tête.

LES SECRETS

Vexée d'avoir été démasquée, la nouvelle résidente se terre dans le mutisme et observe ses colocataires pour passer le temps. C'est alors que les secrets de chacun commencent à émerger.

Le secret de monsieur Yvon

L'auberge est cambriolée en pleine nuit, ce qui réveille Nour et l'aubergiste. Ce dernier est convaincu que l'effraction est liée aux lettres de menaces qu'il reçoit et que c'est Nour qui est visée. Un incident similaire se déroule peu de temps après et la cuisinière, d'abord terrifiée, réalise que le nouveau voleur nocturne est en réalité monsieur Yvon. Celui-ci, atteint d'une crise de somnambulisme, dévore les desserts préparés pour les clients. Nour prend alors conscience que quelque chose ne va pas.

Paulette

Paulette, en quête d'action, essaie d'obtenir des renseignements sur la cuisinière et l'aubergiste en soudoyant Paolo, le livreur. Ce dernier refuse dans un premier temps, avant de céder finalement aux demandes de la vieille dame. Elle est cependant déçue de ne pas obtenir les juteux ragots auxquels elle s'attendait. Seule l'arrivée de la lettre tant espérée des Hauts-de-Gassan lui met un peu de baume au cœur. La somme est cependant colossale, mais elle est prête à puiser dans ses économies afin de payer l'acompte au plus vite, comptant sur son fils, injoignable, pour accepter de payer la maison de repos par la suite.

Le secret de monsieur Georges et le secret de Juliette : 1re partie

Dans sa hâte à poster son chèque, elle arrive avant l'ouverture de la Poste et en profite pour prendre un thé dans un café. À sa grande surprise, elle y croise monsieur Georges jouant aux courses l'argent prêté par les autres résidents. L'homme est gêné d'être découvert et craint que son secret ne s'ébruite.

Lors d'une sortie à la piscine, Juliette, bouleversée, révèle à Nour qu'elle est enceinte de presque trois mois et qu'elle ne sait toujours pas si elle souhaite garder l'enfant à venir ou non.

Quelque temps plus tard, lorsque la jeune femme rapporte le linge propre de monsieur Georges dans sa chambre, elle découvre accidentellement une boîte à chapeau poussiéreuse cachée sous le bureau. Intriguée, elle décide de regarder dedans quand surgit Paulette. Cette dernière fait sortir la serveuse en la menaçant et ouvre la boîte qui contient des lettres écrites entre 1953 et 1955. Elle s'empare alors de quelques-unes pour les lire à son aise. La lecture du trésor dérobé apprend à Paulette que monsieur Georges s'est entiché d'une Américaine, Gloria Gabor, en 1953.

Impatiente d'avoir des nouvelles de son fils, elle demande son numéro à monsieur Yvon. Pour passer le temps, elle continue à lire des lettres de monsieur Georges, qu'elle subtilise en son absence. Elle finit par apprendre que les Hauts-de-Gassan attendent le paiement de la première mensualité avant la fin du mois. Elle se résout alors à appeler Philippe et à lui laisser un message faussement larmoyant pour le supplier de venir la chercher.

Le secret de Nour

Pendant ce temps, un homme menaçant vient défier monsieur Yvon pour lui réclamer plus d'argent. Tracassé, l'aubergiste finit par se confier à Nour. Cette dernière lui révèle alors une partie de son passé : elle a quitté un mari violent, auteur de ces lettres de menaces que monsieur Yvon ne cesse de recevoir. L'aubergiste est prêt à tout pour protéger Nour et s'engage à trouver l'argent afin de se débarrasser du problème. La cuisinière l'aide en proposant de vendre leurs points de permis.

Paulette

Comme Paulette a besoin d'argent rapidement, elle va trouver monsieur Georges au troquet pour lui demander de lui apprendre à parier aux courses. La vieille dame, réalisant qu'elle n'est pas la seule à vouloir profiter du talent du vieil homme, élabore un plan : faire payer les conseils de monsieur Georges. Elle organise ainsi les paris sur base des recommandations de son complice. Le stratagème leur rapporte une belle somme d'argent. Ses manigances lui font cependant manquer l'appel de son fils.

Le secret de Juliette : 2ᵉ partie

De son côté, Juliette trouve un carnet à la bibliothèque. Ce carnet contient des affirmations sous la forme de « j'aime » et « j'aime pas ». La jeune femme est grisée par sa découverte. Le soir, elle est invitée par monsieur Georges à regarder, comme à leur habitude, un film se déroulant à New York. En sortant de la chambre, elle est appelée par Paulette qui lui subtilise la lettre qu'elle a sur elle. Or il s'agit de la lettre annonçant à la jeune serveuse sa grossesse. Ébranlée par la révélation de son secret, Juliette s'enfuit en pleurs. La vieille dame vient alors la réconforter.

La conversation aide la jeune femme à y voir plus clair dans sa vie. Elle annonce à Nour qu'elle souhaite garder son enfant et lui parle également du mystérieux carnet qu'elle a découvert. De plus en plus intriguée par son propriétaire, elle décide de le retrouver. Ses efforts n'aboutissent cependant pas, jusqu'à ce que Marceline se souvienne avoir lu une annonce concernant un carnet perdu. Toutefois, lorsque la jeune serveuse rapporte le carnet, le rendez-vous ne se déroule pas comme prévu. Elle prend conscience qu'il ne s'agit pas de l'auteur du carnet et s'énerve sur le malheureux usurpateur. Paulette, qui était à proximité, intervient et ramène Juliette à l'auberge.

Paulette

À son retour, Corinne, sa belle-fille, l'attend. Elle fait comprendre à Paulette que c'est elle qui a empêché Philippe de contacter sa mère et qu'elle peut oublier sa maison de repos de luxe. Elle paie monsieur Yvon pour l'année entière. Celui-ci annonce à Corinne que sa belle-mère a un rendez-vous médical important, mais elle lui délègue toute responsabilité.

L'aubergiste emmène donc Paulette à son rendez-vous. Toutefois, à l'arrivée, elle le supplie de lui épargner ce calvaire, se sachant condamnée. Monsieur Yvon comprend ses raisons et la raccompagne. Une fois rentré, il s'arrange cependant pour que les autres résidents se montrent particulièrement bienveillants à l'égard de la vieille dame. Ils décident de partir une journée à la mer pour l'occasion.

La disparition de Nour

L'harceleur revient réclamer de l'argent à monsieur Yvon qui finit par le frapper. Le jour du départ à la mer, Nour disparaît en laissant simplement un message derrière elle, au grand dam de l'aubergiste. Les résidents partent malgré tout et s'amusent, à l'exception de Paulette. Pour la dérider, monsieur Georges les emmène tous au PMU voir des courses, mais Paulette y fait un malaise.

LE POUVOIR DE L'AMOUR

La vieille dame est hospitalisée et monsieur Georges refuse de quitter son chevet. Il passe ainsi ses journées à l'hôpital. Ils tombent tous les deux sous le charme l'un de l'autre et l'amour les métamorphose.

Un jour, un Philippe ravagé vient rendre visite à la vieille dame en clinique. Corinne, sa femme, l'a quitté pour un autre et est partie avec les enfants. Depuis, le fils de Paulette vient voir sa mère tous les jours à l'hôpital. Pourtant, un soir, il ne se présente pas et monsieur Georges le retrouve dans un piteux état dans le parc du centre de soins. Le vieil homme parvient néanmoins à remonter le moral de Paulette, inquiète pour son fils, et de Philippe qui donne son accord pour les Hauts-de-Gassan. De retour à l'auberge pour son anniversaire, elle refuse cependant la place dans la maison de repos de luxe, préférant rester avec les gens qu'elle a appris à connaître et à aimer.

Après deux mois d'absence, Nour, la cuisinière, finit par revenir. Elle raconte alors qu'elle est partie comparaître au tribunal pour démanteler un réseau de narcotrafiquants en lien avec son ex-mari. Monsieur Yvon peut désormais être tranquille, il ne sera plus jamais menacé.

Quant à Juliette, elle a remis le carnet en place après l'avoir annoté. Le propriétaire lui a répondu par écrit également. Ils commencent une relation épistolaire par carnet interposé. Au retour de Nour, la cuisinière pousse la jeune femme à rencontrer l'homme avec qui elle correspond depuis un mois. C'est ainsi que Juliette le rencontre à la fête foraine, au palais des glaces. Les jeunes gens tombent amoureux, mais décident de prendre leur temps.

Lors d'une fête pour les sept mois de grossesse de Juliette, Paulette réalise qu'Hippolyte est en réalité le fils de Nour. Cette dernière préfère néanmoins garder le secret. Après le repas, monsieur Georges, qui avait promis longtemps auparavant d'organiser un cours d'aérobic, tient parole. Mais son cours est en réalité une séance de danse. Tout le monde s'amuse. C'est le moment que choisit le journaliste qui devait venir la semaine précédente pour arriver. Il est rapidement conquis par l'ambiance et la joie de vivre communicative des danseurs.

Quelques semaines plus tard, Paulette, qui a mené une enquête pour savoir ce qui s'était passé exactement entre monsieur Georges et son Américaine, donne une lettre au vieil homme. Il y découvre qu'il a eu une fille avec Gloria et qu'elle souhaite le rencontrer. L'enveloppe, offerte par Paulette, contient également un billet simple pour New York.

ÉTUDE DES PERSONNAGES

PAULETTE MERCIER

Paulette Mercier est âgée de 84 ans au début du roman et fête ses 85 ans à la fin. Vieille dame distinguée, elle a les yeux bleus, un visage fin aux joues creusées avec un grain de beauté au coin de l'œil, une cicatrice de varicelle près de la tempe, des cheveux blancs. Elle laisse toujours derrière elle un parfum fleuri, souvent différent (de rose, de muguet, de fleur d'oranger…). En raison de problèmes de hanche, elle se déplace avec une canne. Veuve depuis 35 ans, elle a vécu la mort de son mari, radin et paternaliste, comme une libération. Ensemble, ils ont eu un fils, Philippe. Ce dernier, avocat, a épousé Corinne avec qui il a eu deux enfants, Théo et Alexis. Paulette ne semble cependant pas avoir énormément d'affection pour ses petits-fils et encore moins pour sa belle-fille, qu'elle exècre.

Au fur et à mesure du récit, la personnalité de Paulette évolue. Au début, elle apparaît comme une vieille dame revêche et égocentrique. Elle est prête à exploiter son fils financièrement et émotionnellement pour obtenir ce qu'elle souhaite, à savoir une place dans une maison de repos de luxe, les Hauts-de-Gassan. Elle fuit Juliette quand elle la voit pleurer la mort de sa grand-mère à l'église. Elle subtilise les lettres personnelles de monsieur Georges sans son autorisation uniquement pour se distraire. Elle manipule son entourage en jouant tantôt sur sa fausse sénilité, tantôt sur son autorité naturelle.

Mais progressivement, ce personnage acariâtre laisse place à une personne fragile, qui souhaite se terrer dans le sud de la France pour mourir loin des regards et ne pas être un poids pour ses proches. C'est elle qui finit par convaincre Juliette de garder son enfant, qui permet à monsieur Georges d'entrer en contact avec la fille qu'il ignorait avoir et qui se fait du souci pour son fils après que sa femme l'a quitté. C'est surtout au contact du vieil homme que Paulette se métamorphose. Après son malaise lors des courses de chevaux, le couple tombe amoureux, ce qui fait tomber la carapace dure et froide derrière laquelle la vieille dame avait appris à se réfugier.

Pour créer le personnage de Paulette, Anne-Gaëlle Huon s'est inspirée d'une vieille dame, une habituée de l'hôtel-restaurant de son père où elle travaillait comme serveuse lors de ses retours en France. Cette vieille dame s'installait toujours seule à sa table et trouvait toujours une raison de se plaindre. Un jour, elle a arrêté de venir. L'auteure l'a ainsi rendue immortelle à travers ce roman.

LES AUTRES RÉSIDENTS DE L'AUBERGE

Georges Neveu

Monsieur Georges est un octogénaire charmant, discret et élégant qui loge à l'auberge de monsieur Yvon. Il est grand et mince, a les yeux bleu azur et une belle chevelure pour son âge. Il se montre toujours poli, même s'il peut s'avérer têtu par moment. Paulette trouve qu'il ressemble à son défunt mari. Passionné de courses de chevaux, il parie l'argent qu'il emprunte aux autres pensionnaires et gagne la plupart du temps. Sportif malgré son âge, monsieur Georges anime de nombreuses activités (jogging, natation, danse...) à la demande principale de Marceline, la sexagénaire qui a jeté son dévolu sur lui. Le vieil homme ne lui rend cependant pas son intérêt.

Son cœur a appartenu dans sa jeunesse à une jeune danseuse américaine, Gloria Gabor, qu'il a rencontrée en 1953. Paulette, par l'intermédiaire de Juliette, découvre dans la chambre de monsieur Georges une boîte à chapeau contenant toutes les lettres qu'il a écrites à son amour de jeunesse entre 1953 et 1955. Éperdument amoureux, il espérait pouvoir bâtir une vie avec la jeune Américaine et a continué à lui écrire après son retour en France, lui envoyant même des tickets pour faire la traversée de l'Atlantique. La jeune femme ne lui a cependant jamais répondu et a fini par épouser un autre danseur, Jeremy Abbott. Ce n'est que des années plus tard que monsieur Georges découvre que ses lettres ne sont jamais arrivées à destination à cause de son propre père qui n'approuvait pas cette relation et a bloqué l'envoi des missives. L'homme au cœur brisé n'a jamais pardonné son père et a mené une vie tranquille, sans passion, jusqu'à l'arrivée de Paulette. Grâce à la vieille dame, monsieur Georges retrouve l'amour et apprend à la fin du roman qu'une fille est née de son union avec Gloria, Claire Georgette Abbott, et qu'elle souhaite le rencontrer.

Toute sa vie, il est resté passionné par New York. Il regarde souvent des films s'y déroulant en compagnie de la jeune Juliette. Lors de ces séances cinématographiques, il mange des Petits LU et garde les meilleurs morceaux dans une jarre en hommage à Gloria qui les aimait encore plus que lui.

Monsieur Yvon

Quinquagénaire au visage partiellement paralysé, monsieur Yvon se démarque surtout par sa gentillesse et sa bienveillance. Il est le premier à veiller sur les autres, que ce soit Nour qu'il tente de protéger en cédant aux menaces d'un maître chanteur et en gardant ce secret pour lui le plus longtemps possible, ou que ce soit Paulette qu'il accompagne lui-même chez le médecin lorsque sa famille refuse de s'en charger.

L'aubergiste a une carrure imposante, un ventre proéminent, porte une moustache et a des sourcils broussailleux qui contrastent avec son crâne dégarni. Il fume volontiers la pipe et a les yeux vairons et rieurs. Il travaille à l'auberge depuis 30 ans. Auparavant, il était musicien, comme son frère jumeau Roland. Mais ce dernier est mort dans un tragique accident en remplaçant monsieur Yvon lors d'un concert.

Bien qu'il ne lui déclare pas sa flamme directement, l'aubergiste semble amoureux de Nour et aime passer des soirées à discuter avec elle. Lorsqu'elle part pour régler une fois pour toutes la situation avec son ex-mari, monsieur Yvon semble désespéré. Ce n'est qu'à son retour qu'il retrouve véritablement sa joie de vivre.

Nour et Hippolyte

Nour est la cuisinière de l'auberge. Elle a des hanches généreuses, des yeux noisette et un côté superstitieux. Elle tire volontiers les cartes et sent la fleur d'oranger. En tant que cuisinière, Nour se fie souvent à l'avis de Léon, le chat qui tient le rôle de goûteur. Originaire du Maroc, elle a quitté un ex-mari violent et narcotrafiquant. Elle a quitté son pays pour se protéger, espérant qu'une auberge de campagne française la mettrait à l'abri. Mais les menaces incessantes que reçoit monsieur Yvon la décident finalement à réagir. Elle disparaît ainsi pendant deux mois afin de témoigner contre son ex-mari et d'aider à démanteler son réseau. Elle revient avec la satisfaction de se savoir en sécurité et d'avoir pu protéger à son tour monsieur Yvon, avec qui elle travaille depuis 15 ans.

À son retour à l'auberge, Paulette réalise qu'Hippolyte, le « protégé de la maisonnée » (p. 43), rouquin à l'âme d'enfant malgré son corps d'adulte, est en réalité le fils de Nour. Celle-ci garde cependant son identité secrète.

Juliette

Du haut de ses 25 ans, Juliette est la plus jeune de l'auberge. Elle y travaille comme serveuse. Elle a des taches de rousseur et des cheveux bouclés. Jeune femme timide et craintive, elle est plus heureuse entourée de personnes âgées qu'auprès des gens de son âge. Élevée par sa grand-mère, Mamino, elle éprouve des difficultés à surmonter son décès et à faire face aux épreuves de la vie sans elle. C'est la raison pour laquelle Juliette s'attache rapidement à Paulette, malgré son caractère bien trempé. C'est d'ailleurs après avoir discuté avec la vieille dame que la serveuse décide de garder l'enfant qu'elle attend. Elle s'entend également extrêmement bien avec monsieur Georges, qui lui fait partager son amour de New York par le biais de films.

Grande rêveuse romantique, elle trouve à la bibliothèque un carnet annoté de « j'aime » et de « je n'aime pas ». La découverte de ce carnet bouleverse la vie de la jeune femme. Elle tente d'en retrouver le propriétaire par des jeux de piste, avant d'essayer une approche plus directe grâce à Marceline qui a retrouvé l'identité de l'auteur du carnet, un certain Antoine. Lorsque Juliette croit aborder le jeune homme, elle tombe sur un usurpateur, ce qui la pousse à se remettre en question. Elle finit par remettre le carnet à la bibliothèque pour s'en débarrasser, mais commence à la place à entretenir une relation épistolaire particulière avec le véritable Antoine. Sur les conseils de Nour, elle accepte finalement de le rencontrer et de ne pas toujours avoir de contrôle sur tout dans sa vie.

Marceline

Originaire de Picardie, Marceline est une sexagénaire qui aime profiter de la vie et de ses plaisirs. Elle aime manger, jouer aux billets à gratter et séduire des hommes, même si sa préférence se porte vers monsieur Georges.

CLÉS DE LECTURE

FOCALISATION ZÉRO

Les différentes focalisations

Les lecteurs accèdent à un récit grâce à un narrateur qui exprime un point de vue particulier sur l'histoire. Ce point de vue peut s'exprimer de différentes manières. À la suite du théoricien Gérard Genette (1930-2018), on distingue en narratologie trois points de vue ou trois focalisations.

Le premier, que l'on appelle la focalisation interne, raconte le point de vue d'un personnage. Le lecteur n'a accès qu'aux connaissances et aux perceptions de ce personnage. Le plus souvent, l'histoire est alors racontée à la première personne.

Le deuxième, appelé focalisation externe, raconte, comme son nom l'indique, un point de vue extérieur. Dans ce cas, le lecteur ne peut connaître que ce qui est accessible au narrateur, généralement ce qu'il voit ou entend. Il en sait donc moins que les personnages.

Enfin, le troisième, nommé focalisation zéro, est caractérisé par un narrateur omniscient : il sait tout sur les différents personnages et a accès à leur moi intérieur. Il a ainsi accès à davantage d'informations qu'eux.

Dans *Le bonheur n'a pas de rides*, le narrateur semble omniscient. En effet, il a accès aux pensées de tous les personnages. Il sait ainsi que Léon le chat déteste l'orage, tout comme Hippolyte, ou que Paulette feint la sénilité pour partir vivre dans le sud de la France. Il connaît les promesses intérieures de Juliette à son futur enfant, ses rêves, ses espoirs. Il a conscience de la gratitude de Nour pour monsieur Yvon et des sacrifices qu'il accomplit pour elle.

Cette focalisation a un impact évident sur la perception des personnages et contribue à l'évolution du récit. En effet, si on observe Paulette de l'extérieur, elle paraît peu sympathique. Elle est aigrie, manipulatrice, méchante... Le fait d'avoir accès à ses pensées permet de mieux comprendre ses motivations. Par exemple, la douleur dans ses articulations ou dans sa hanche explique plus facilement sa mauvaise humeur.

De plus, le point de vue du narrateur ne se limite pas à un seul et unique personnage. Il connaît les pensées de tout le monde. Le regard des uns et des autres offre ainsi un éclaircissement supplémentaire sur leurs agissements. Monsieur Georges réalise que la véritable raison qui pousse Paulette à vouloir s'exiler dans le sud de la France n'est pas une envie de luxe soudaine, mais la pudeur qui l'incite à se cacher pour finir ses jours tranquillement. Les interactions de l'octogénaire avec monsieur Yvon lors de son rendez-vous médical la montrent vulnérable et sensible. On découvre ainsi une vieille dame qui a juste envie de profiter pleinement du peu de temps qui lui reste à vivre, de chanter à tue-tête en voiture, de tomber amoureuse...

Il en va de même pour les autres protagonistes. Juliette passe pour une jeune femme craintive. La focalisation zéro permet de comprendre que sa peur du monde et des autres est liée à son enfance et à la rudesse de ses condisciples qui n'avaient aucune pitié pour cette jeune fille vivant seule avec sa grand-mère et s'habillant de façon démodée. L'accès à ses pensées fait également comprendre plus aisément la tendresse qu'elle porte aux personnes âgées, notamment à Paulette qui lui rappelle Mamino, sa défunte grand-mère. Le lecteur peut mieux percevoir sa détresse lorsque la pluie vient effacer le jeu de piste à la craie ou son excitation à l'idée de rencontrer l'auteur du carnet.

Quant à monsieur Georges, il semble être, de prime abord, un homme tranquille et sans histoire. C'est grâce à ce narrateur omniscient qu'on découvre, en même temps que Paulette, sa relation épistolaire enflammée ou son ressentiment envers son père qui a fait bloquer l'envoi des missives. Et c'est grâce au regard croisé des autres résidents qu'on obtient davantage d'informations sur lui. L'attention que Marceline lui porte dévoile son charme et sa belle allure. La curiosité de Paulette montre la part de mystère qu'il cache au fond de lui. Les attentions de Juliette à son égard sont le reflet de la propre gentillesse naturelle et spontanée du vieil homme.

Notons toutefois que la focalisation zéro n'empêche pas le suspense. Ce n'est pas parce que le narrateur a accès aux pensées de tous qu'il communique nécessairement toutes les informations au lecteur. Ce dernier doit ainsi attendre le chapitre 40 pour comprendre le départ mystérieux et soudain de Nour. Les résultats des recherches de Paulette sur l'amour de jeunesse de monsieur Georges ne portent, eux aussi, véritablement leurs fruits qu'à la fin du roman. La vieille dame savait avant le dernier chapitre que monsieur Georges avait eu un enfant avec Gloria Gabor. L'information est cependant révélée au lecteur en même temps qu'à l'intéressé.

LE FABULEUX DESTIN DU BONHEUR AU QUOTIDIEN

Résumé du film *Le Fabuleux Destin d'Amélie Poulain*

Comme le signale Anne-Gaëlle Huon, l'une de ses sources d'inspiration pour son roman est le film de Jean-Pierre Jeunet *Le Fabuleux Destin d'Amélie Poulain*. Ce film empli de poésie raconte l'histoire d'une jeune fille introvertie et rêveuse, Amélie Poulain (interprétée par Audrey Tautou), qui passe l'essentiel de sa vie à s'échapper dans son imaginaire... jusqu'au jour où elle découvre une mystérieuse boîte à souvenirs et décide de la rendre à son propriétaire. Elle réalise alors qu'elle a le pouvoir d'influencer le bonheur des gens, tel un ange gardien.

Le saviez-vous ?

Lors de la sortie du film *Le Fabuleux Destin d'Amélie Poulain* en 2001, de nombreuses critiques ont reproché au film son esthétique publicitaire. Avec ses personnages parfois stéréotypés à l'extrême, son Paris nostalgique et sa voix off, le film peut en effet rappeler des procédés utilisés dans les publicités.

Juliette et Amélie

Anne-Gaëlle Huon parsème son roman de clins d'œil cinématographiques. Tout d'abord, la jeune et timide Juliette de son récit ressemble beaucoup à l'Amélie de Jean-Pierre Jeunet. C'est d'ailleurs Juliette qui découvre la boîte remplie de mystérieuses lettres de monsieur Georges, tout comme Amélie a trouvé la boîte à souvenirs de l'ancien locataire de son appartement. Dans les deux cas, ces découvertes ont un impact majeur sur la suite du déroulement de l'histoire. Dans le premier, les lettres incitent Paulette à faire preuve de curiosité et à s'intéresser à monsieur Georges, alors que, dans le second, la boîte permet à Amélie de prendre conscience de son pouvoir sur la vie des autres.

De plus, les deux jeunes femmes sont toutes deux serveuses. Dans le film, Amélie ramasse un album photo tombé de la mobylette de l'intrigant Nino. De manière similaire, Juliette tombe sur le carnet perdu de l'énigmatique Antoine dans un rayon abandonné de la bibliothèque. Toutes deux ont un premier contact direct avec l'élu de leur cœur dans une fête foraine et toutes deux créent un jeu de piste pour le retrouver.

Des personnages enfermés

Une deuxième similitude entre le film et le roman réside dans la tendance qu'ont les protagonistes à être enfermés dans leurs problèmes. Dans le roman, monsieur Georges reste bloqué sur son amour perdu et sur New York, Juliette ne parvient pas à décider seule si elle garde son enfant ou non, monsieur Yvon ne veut pas faire part des lettres de menaces à Nour, Paulette manigance son propre plan pour quitter l'auberge et rejoindre les Hauts-de-Gassan, Nour garde son passé secret...

De la même manière, dans le film, les personnages sont repliés sur eux-mêmes. C'est l'intervention d'Amélie qui va permettre à chacun de quitter sa zone de confort et de s'ouvrir au bonheur. Dans *Le bonheur n'a pas de rides*, ce sont les interactions entre les personnages qui vont leur apprendre à quitter leur enfermement volontaire. C'est par le contact humain qu'ils évoluent, s'épaulent et se soutiennent au point de vouloir profiter pleinement de la vie.

Grâce à Paulette, monsieur Georges retrouve goût à l'amour et découvre qu'il a une fille. Juliette est soutenue dans ses choix par Paulette, mais aussi par Nour et Marceline. La cuisinière, sensible au bien-être de monsieur Yvon, réalise d'elle-même qu'il est tracassé et finit par le protéger en témoignant au tribunal. Paulette tombe amoureuse de monsieur Georges et apprend à s'attacher aux résidents de l'auberge qui l'entourent comme le ferait une famille. Et Nour finit par s'ouvrir en révélant son passé à l'aubergiste et à Paulette.

L'auberge de monsieur Yvon joue ainsi son rôle à la perfection : elle apprend à croquer la vie à pleine dent au sens propre (via les frites faites maison), mais surtout au sens figuré.

La poésie du quotidien

Un troisième élément semblable dans les deux œuvres réside dans l'aspect poétique qui s'en dégage. Toutes deux présentent des personnages sous la forme de « j'aime/j'aime pas ». Antoine et Juliette dans le roman répondent ainsi à la voix off du film. Ce jeu permet de dessiner « les contours de quelqu'un » d'après la jeune serveuse (p. 185) et fait le plus souvent appel aux sens. C'est ce caractère sensible qui permet aux lecteurs ou spectateurs de s'identifier rapidement aux protagonistes et d'entrer dans leur univers personnel.

Dans les deux cas, on retrouve également des objets qui rappellent des souvenirs plus ou moins enfouis. Dans *Le Fabuleux Destin d'Amélie Poulain*, Dominique Bretodeau redécouvre sa boîte à trésors qui le pousse à renouer avec sa famille, comme Paulette découvre la boîte à chapeau pleine de lettres de monsieur Georges qui lui permettra de retrouver sa fille.

En outre, des objets du quotidien revêtent une dimension particulière. Le carnet perdu dans la bibliothèque devient objet de rêve et d'espoir pour Juliette. Des dessins à la craie sont porteurs d'espérance. Un simple biscuit se transforme en gage d'amour dans la jarre de monsieur Georges. Un bouquet de fleurs devient un bouquet de mots échangés sous les doigts d'Antoine. Un repas par-tagé se transforme en ciment de relations inattendues entre des pensionnaires qui n'avaient pas grand-chose en commun et qui finissent par former une famille.

LE BONHEUR FACE À L'INÉLUCTABILITÉ DE LA MORT

Comme l'indique le titre, *Le bonheur n'a pas de rides* soulève la question du bonheur et vise à démontrer qu'il n'y a pas d'âge pour l'atteindre. Mais comment le trouver dans un monde où la mort peut frapper à tout instant ? Le deuil parcourt le récit en filigrane. Juliette le vit avec sa grand-mère, Mamino ; monsieur Georges avec sa mère ; Paulette avec sa maman également, mais elle a dû surmonter en plus l'indifférence de son mari et est confrontée à présent à sa propre fin puisqu'elle se sait condamnée par son cancer ; monsieur Yvon peine à surmonter la mort de son frère jumeau Roland, qui est toujours dans ses pensées… Mais le thème du deuil se décline sous d'autres formes. On voit ainsi la perte des rêves et des illusions. Monsieur Georges vit au quotidien l'absence de Gloria, l'Américaine dont il est tombé amoureux. Paulette a enterré ses rêves de femme mariée libre, épanouie et comblée à cause d'un mari radin et paternaliste. Juliette a appris à ne plus croire en la jeunesse et s'entoure de personnes âgées pour accéder au respect qu'elle ne reçoit pas de ses pairs. Nour vit dans la crainte permanente de voir resurgir le passé, crainte qui se réalise rapidement sous la forme des lettres de menaces. Monsieur Yvon a renoncé à la musique après le décès de son frère pour ouvrir son auberge.

Et pourtant, tous ces personnages apprennent au contact des uns et des autres à retrouver pleinement goût à la vie. Monsieur Georges et Paulette se réconcilient avec l'amour dans les bras l'un de l'autre. Juliette se réconcilie avec la jeunesse par le biais de son enfant, mais également par son amour pour Antoine, le propriétaire du mystérieux carnet. Nour se libère des chaînes de son passé en l'affrontant une fois pour toutes. Monsieur Yvon reprend goût à la musique en chantant à tue-tête avec Paulette en voiture et en laissant la musique et la danse s'installer dans son auberge à la fin du roman.

Les protagonistes qui ont été en contact direct avec la mort, réelle ou symbolique, parviennent donc à la surmonter et à retrouver leur joie de vivre. Notons que deux des résidents semblent se démarquer des autres. Il s'agit de Marceline et d'Hippolyte. Ces deux personnages semblent heureux en permanence. Marceline, sexagénaire un peu immature, croque la vie à pleines dents : elle aime manger, jouer, séduire. Elle profite des plaisirs simples de la vie et s'en contente. Il est d'ailleurs intéressant de constater que c'est à son contact que Philippe, le fils de Paulette, retrouve sa bonne humeur après le départ de sa femme. Quant à Hippolyte, son âme d'enfant lui fait percevoir la vie différemment des autres. La destruction des végétaux par les limaces devient pour lui l'occasion de sauver tant les salades que les gastéropodes. Il captive les convives par ses récits passionnés. Il est le premier à se montrer bienveillant et à aider les autres, que ce soit Juliette lorsqu'elle crée son jeu de piste à la craie ou Paulette quand il tire son nom dans le sac de monsieur Yvon.

Ainsi, dans cette auberge du bonheur, chacun réapprend à être pleinement heureux. Les plaies se pansent, les blessures cicatrisent. L'amour transforme les uns, les plaisirs quotidiens les autres, prouvant qu'effectivement le bonheur n'a pas de rides.

LA COUVERTURE

Anne-Gaëlle Huon, ancienne publicitaire, a choisi de participer à la création de la couverture de son roman au Livre de Poche par désir de faire refléter visuellement l'essence de son récit. On y voit au centre un Petit LU avec, pour inscription, le titre du livre : *Le bonheur n'a pas de rides*. Ces biscuits, commandés expressément pour la couverture, font référence à ceux que mange monsieur Georges devant ses films américains. Le vieil homme raffole des coins de Petit LU. Il les conserve cependant précieusement dans une jarre pour Gloria, sous prétexte qu'elle les aime plus que lui, bien qu'il ne puisse jamais les lui donner. Il s'agit également d'un clin d'œil à la vie personnelle de l'auteure, car sa grand-mère, dont elle était très proche, était, elle aussi, friande de ces petits-beurre.

Cette scène du roman représente la poésie du quotidien abordée au point précédent, puisqu'un simple biscuit est transformé en geste d'amour et de tendresse. Le temps qui passe et les aléas de la vie ne changent rien aux sentiments de monsieur Georges. Il prend plaisir dans les choses simples, comme regarder des films sur New York en mangeant. Il prouve ainsi qu'effectivement le bonheur n'a pas de rides, car il est possible d'être heureux à tout âge.

Sur la couverture apparaît également un textile de cuisine avec un chat brodé. L'animal fait penser à Léon, le gros chat de l'auberge, qui flâne au gré des chapitres entre les personnages et profite pleinement de sa vie de goûteur.

Même si cette couverture diffère de celle d'origine, Anne-Gaëlle Huon avait déjà tenu à participer au processus créatif auprès de City Éditions, car, selon elle, « dans un monde d'images, la couverture revêt une importance cruciale » (Huon, https://www.annegaelle-huon.com).

PISTES DE RÉFLEXION

QUELQUES QUESTIONS POUR APPROFONDIR SA RÉFLEXION...

- Dans quelle mesure peut-on voir dans ce roman un récit initiatique ?

- Quelle est la particularité de la couverture du Livre de Poche ?

- Qu'apporte la focalisation zéro au récit ?

- Dans l'une de ses lettres, monsieur Georges définit le bonheur ainsi : « Le bonheur c'est un peu de sel sur une portion de frites. Ou bien peut-être est-ce un mot de toi ? » (Huon, 2019 : 158). Dans quelle mesure cette citation résume-t-elle l'idée générale du roman ?

- Pourquoi Paulette refuse-t-elle d'aller aux Hauts-de-Gassan à la fin du roman ? Qu'est-ce qui a changé ?

- Quelle conception de la vieillesse ce roman véhicule-t-il ?

- Certains personnages sont victimes de violences psychologiques ou physiques. Qui ? Parviennent-ils à quitter cette situation ? Comment ?

- Dans quelle mesure peut-on voir en Paulette une défenseuse des droits de la femme ? Citez des exemples.

POUR ALLER PLUS LOIN

ÉDITION DE RÉFÉRENCE

- Huon A.-G., *Le bonheur n'a pas de rides*, Paris, Le Livre de Poche, 2019.

ÉTUDES DE RÉFÉRENCE

- Genette G., « Discours du récit », in *Figures 3*, Paris, Seuil, 1976.

- Huon A.-G., *Site officiel d'Anne-Gaëlle Huon*, consulté le 30 août 2021. URL : https://www.annegaelle-huon.com.

- Huon A.-G., « Interview d'Anne-Gaëlle Huon » (2019), *Le Livre de Poche*, in *www.youtube.com*, consulté le 30 août 2021. URL : https://www.youtube.com/watch?v=9Ym2BVttDQ0.

- Vervier A., *Dossier pédagogique. « Le Fabuleux Destin d'Amélie Poulain. Un film de Jean-Pierre Jeunet »*, Liège, Les Grignoux, 2001.

SOURCES COMPLÉMENTAIRES

- *Le Fabuleux Destin d'Amélie Poulain*, film de Jean-Pierre Jeunet, avec Audrey Tautou et Mathieu Kassovitz, France, 2001.

Votre avis nous intéresse !
Laissez un commentaire sur le site de votre librairie en ligne
et partagez vos coups de cœur sur les réseaux sociaux !

lePetitLittéraire.fr

- un résumé complet de l'intrigue ;
- une étude des personnages principaux ;
- une analyse des thématiques principales ;
- une dizaine de pistes de réflexion.

**Retrouvez
notre offre complète sur
lePetitLittéraire.fr**

L'éditeur veille à la fiabilité des informations publiées,
lesquelles ne pourraient toutefois engager sa responsabilité.

www.lepetitlitteraire.fr

ISBN version numérique : 9782808023504
ISBN version papier : 9782808023498
Dépôt légal : D/2021/12603/14

Conception numérique : Primento,
le partenaire numérique des éditeurs.